KB181020

푸른사상
시선

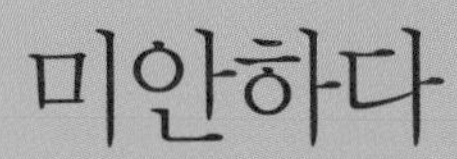

미안하다

육 봉 수 유고시집

육봉수 시인

1989년 포항 협화화학 노조위원장 시절

1995년 구미노동자대회

2008년 경북작가회의 행사
왼쪽부터 안상학, 김길녀, 임술랑, 정일근, 박상봉 시인과
앞쪽 김우출 소설가.

2008년 구미 수요문학회 20주년 행사.
맨 아랫줄 왼쪽부터 박상봉 육봉수 류경무, 중간줄 왼쪽부터 권미강 이상도 윤봉초 전경애 김옥주 이은경 김수진, 맨뒷줄 왼쪽부터 엄원태 이성목 김대호 이홍사 장옥관 김연화 조영미 이규리 김선굉.

박승민 시인, 정태춘 가수와 함께

2008년 구미 수요문학회 20주년 행사.
김선굉 시인, 민속학자 권삼문과 함께

산림녹화 공공근로 시절

운문사에서

장병기 금오문화연구소 회원, 이홍사 소설가, 이상도 시인과 함께

부친 산소에서 아들 육근호와 함께

미안하다

| 시인의 말 |

괘않나?
괘않타–

고마운 일이다

—「안부」 전문

| 차례 |

제2부 이합집산

제3부 사람들

제4부 미안하다

| 차례 |

제1부

노동자 시인

새 옷

불쌍하게 보이며 다니지 말라고

사다준 새 옷 입고 나가면

뒤에서 누군가 자꾸

헌 놈이 새 옷 입었네 헌 놈이

새 옷 입었네 욕하는 것 같다

다시 봄

얼른 죽고 싶다 죽고
싶으시다 늙으신 어머니
눈만 마주치면 슬프게
웃으시는데

아니잖아요
어머니 오래
오래 사셔야지요 보세요
저
나무 저
가지들마다

꽃눈들 퍼억퍽
환장하게 터져
오르고 있잖아요 봄이라고

죽어도
다시
봄이라고

노동자 대회

당신
해고자요?

…아니요.

그런데 여긴
무엇하러 왔소?

그렇게 될까 봐 왔고 왜?

아내들

직각으로 완강하던 어깨 반쯤 무너진 채
상경 투쟁 마치고 돌아와 열없이
두 살배기 아들 어르고 있는 그이의 무릎 앞
관리비 고지서 모르는 척 들이민 날 밤엔
등 돌리고 누워 잠들기 십상입니다

일 년 하고도 석 달을 넘긴 날들
눈앞의 돈 몇 푼보다는 노동자로서의 내
자존심 먼저라던 그 말에 꺼뻑 죽어
노동자 아내의 자존심도 있긴 있지 그래
당신 멋있어 멋있어 박수치던 날들
속상해 억울해 뒤척뒤척
뒤척이기도 십상입니다

말해서 무엇하겠습니까 그러나
바람 닥칠 조짐 일자 텅 빈 공장 휑하니
제 밥그릇 뚝딱 챙겨 발 빠르게 떠났다는
돈 되면 삼키고 돈 안 되면 뱉어내는

사장님 족속들의 밉살맞은 행태보다
돈 안 되는 일 부여잡고도 행복한 사람들
더욱 사랑하고 싶어진다 뚬벅하게 말문 닫고

어느 틈 드르렁 코 골고 있는 아이의 아버지의
무너진 어깨 다시 일으켜 세우려 곰곰이
아침 밥상 위에 올릴 고등어자반 뒤집을 생각으로
아슴아슴 잠들기도 십상인 그런 젊은
밤이기도 합니다 돌아눕긴 했지만

편지

보내주신 영광굴비 잘
구워 먹고 있습니다 노릇노릇
입안에서 고소하게 녹는 맛 과연
일품입니다만 소문으로 이미
익숙한 그 맛에 대한 생색 너무
내실랑은 마십시오

답례로 보내드리는 포도
낙과 중에서 고르고 고른 것입니다만
달고 새콤한 맛 혀끝에서 구르는 맛
굴비 드시고 난 입가심으로 십상
좋을 듯싶습니다 무엇보다

오월이면 덮치는 불면으로
줄담배 버릇 붙어 이제는 늘상
밭은기침 달고 살으신다는 형의
사촌 형님 염두에 두고 한 박스 더
보내드립니다

가을의 초입입니다 감기
조심하시고 태백에서 줄기차게
시작될 단풍 미리 올라와 맞으라는
강원도의 힘 김형 소식 아울러 전해
올립니다 그는 거기에 살고 나는
여기에 살고 있을 뿐입니다 다만

그리울 뿐입니다

관계

— 어느 비정규직 노동자의 이야기

같은 시간에 같은 차를 타고
같은 문으로 같이 출근하고
같은 기계를 같이 돌려도 그는
나의 이름 알려 하지 않고 나도
부를 일 거의 없는 그의 이름 굳이
알려고 하지 않습니다

필요할 때만 간간히 부딪히는
약간 미안한 눈빛만으로도 능히
그의 작업 지시는 내게로 와 닿고
흩어진 박스를 정리하며 나는 또
무심한 척 약간만 부끄럽고
휴식 시간이면 우리는 은연중
서로가 서로를 밀어내는 아예
남남입니다

본 공장 노동조합 조합원인 그는 당연 알고
이대로라면 노동조합 조합원 다시 한 번

되어 보겠다는 꿈 영원히 접고 말아야 할
나도 아는 동일노동 동일임금의 뜻은
3일의 오차를 두고 받아드는 서로의
월급봉투 안에서만 혓바닥 빼어 물 뿐
누구도 말해서는 안 될 무언의
금기 사항입니다

시작은 이렇지가 않았다고
맨 처음의 시작은 절대 이렇지가 않았다고
누군가 말하는 걸 들은 적 있습니다 하다못해
저 높은 곳의 사장님까지도 평등 앞에 묶어 세워
내남 없고 차등 없는 즐거운 일터 만들어 보자
어쨌거나 시작은 그랬다고 했습니다

급할 때 급하게 불러다 쓰는 하루살이
일용직 근로자를 빼고라도
파견근로자 위에 계약직 근로자
계약직 근로자 위에 사내 하청근로자

사내 하청근로자 위에 정규직 노동자
정규직 노동자 위에 계장 과장 부장 또
그 위와 그 위 더욱 더 그 위와 그 위

해 떨어지고 작업 종료 5분 전
예비 차임벨이 울립니다 작업 일지 챙겨 든
정규직의 그는 하루의 성과 보고하러
사무실로 가고 빗자루를 챙겨 든 나와 같은
행색의 사람들만 남은 작업장 안 비로소
시끌벅적해집니다 어디서부터 어떻게
생기는지도 모르게 생겨나 자꾸만
허리 구부리게 하는 하루가
끝나갑니다 기계들이 꺼집니다
지루하게 끌고 돌던 컨베이어
일제히 멈추어 섭니다 작업등이 꺼집니다
허리를 폅니다

사원 자녀 사내 방문

재잘재잘 조잘조잘 또록또록
작업장 안으로 들어갔던 꼬맹이들

밍기밍기 흘깃슬깃 줄래줄래
작업장 밖으로 나오는 꼬맹이들

크고 높던 아빠 혹은
넓고 깊던 엄마 만나러 갔다가

라-인에 묶여 움츠러든 아빠 혹은
작업복에 갇혀 초라한 엄마들 만나

서늘한 슬픔의 씨앗이나 혹시
가슴 한켠 슬그머니 심지나 않았는지

헷갈리는 꿈

정확하지는 않다 좌우지간
십 년 이쪽저쪽쯤의 그해
본토 발음 그대로 원 달러 값이
팔백이삼십 원쯤 했고
휘발유 일 리터에
팔백오십 원쯤 했다

정확하지는 않다 여하튼
어느 날 갑자기 나라 안팎
그야말로 세계적으로 술렁이더니
원달러가 천 원으로 천백 원으로
천이백 원으로 최종 천이백
몇십 원으로 오르고 아이엠에프
나라가 망했다고 기름 값도
덩달아 리터당 천백 원
천이백 원 눈 깜짝할 새
천삼백 원 가까이로 올라갔다 당연히

찍 소리도 못하고 나는 명예퇴직당했다

정확하지는 않다 다만
헷갈릴 뿐이다 십 년
이쪽저쪽의 세월이 흐른 요즈음 티브이를 보면
천이백 원대 안정적으로 유지하던
원 달러 값 비실비실 수상하게
천 원대 밑으로 떨어질 전망이라
국가 경제 또 위태롭겠다고 그나마
사내 하청공장에 눈치껏 빌붙어
간들간들 체면치레나 하는 내
뒤통수 호되게 내려치려 한다

무식을 자랑하는 건 아니다 그저
헷갈릴 뿐이다 갑작스레 뛰어오른
달러 값 때문에 망했던 나라라면
달러 값 원래대로 내려가면

오르기만 했던 기름 값 택시비
버스 요금 열차 요금 전화 요금 전기세
죄다 옛 자리로 돌아가 앉고 서고
그 많던 명퇴자들 모두
원직 복직 되어야 맞는 것 아닐까? 미친 듯한
종주먹질 투성이의 뉴욕 증권시장 안 풍경
살벌하게 클로즈업시키고 있는 티브이 앞에서
정확하지 않은 기억 정확하지 않은 지식으로 나는
자꾸만 헷갈리고, 빌어먹을 티브이 끄고
돌아누워도 한참을
헷갈리고 헷갈리다 결국
설치는 잠 속에서조차 헷갈리고 헷갈리는 그런
같잖은 꿈만 뭉텅이로 꾸고 마는데

만국의 노동자여 단결하라!

한국 그것도
남쪽 한국에서 왔다니까

은근한 부러움으로
일 원쯤의 요금을 더
기대하는 듯한 인력거꾼

비 안 오면 일하고
비 오면 쉬어야 하는

돌아가면 나도 꼭
당신 같은 꼴이라고

말하고 싶어 간질거리는 입
다행히
사이를 막고 있는 말과 뜻의 장벽

그의 시를 읽다

흔들리고 있는 게다 똑 부러지게
간단명료했던 그의 말이, 말들이…
무언가 있기는 있는데 높고 높은 그
무언가가 있기는 있는데 차마 툭 털어놓고
말하지는 못하겠다 냄새만 솔솔
풍기다가 흐지부지 꼬리를 사리는 듯

흔들리고 있는 게다 모든 것이 다만
한때 젊음의 객기 때문이었다고
말하고 싶은 걸 자꾸 숨기는 게다 아아
열혈의 그이도 드디어 지쳤다는 것이다
쉬고 싶다는 것이다 멈추겠다는 것이다

터지고 깨지든 꺾이고 터지든 담담하게
바라만 보겠다는 것이다 내버려두겠다는 것이다
할 말은 많으나 이만 줄이겠다는 것이다 이만
총총 마지막으로
총총총

노동자 시인

중학교 1학년짜리 아들 녀석 살살 구슬려
설날 할머니한테 받은 세뱃돈으로 아삼삼
한 마리 값으로 두 마리를 주는 통닭 시켜 먹으면서
"아들아 아빠가 이래 돈은 못 벌어도 네
 국어 책에 실린 시를 쓴 시인들하고도 잘
 아는 사이이고 무엇보다 니네들 학교 국어
 선생님들보단 한결 위대한 정통파 시인님
 이시다" 낄낄낄 "그냥 통닭이나 먹어
 아빠…."

한심한 이력서

팔팔년 군사정권 때는
강성 노조 위원장님이었다가

의기양양 문민의 정부 때는
거듭거듭 해고 노동자였다가
멀쩡한 국민의 정부 때는
작업복만 바꿔 입은
사내 하청 노동자였다가

마침내 참여정부가 되어서야
오 개월 계약 비정규직 노동자로
위원장님 이전의 컨베이어 앞으로
원직 복직되었습니다

간벌

살려 달라는 소리 혹시 들릴까

기계톱 끄고 잠시

귀 기울여 보다가 결국

베어버린다 베어지고 나면

나무들은 비로소

자연(自然)이 되곤 한다

미우신 어머니

신호등 한 열 번 받고 좌회전 우회전도 대충
한 열 번 휘둘리며 이십 분만 지나면 오른편
휘도는 낙동강물, 왼손자락 아까시 숲 우묵한
한 굽이 돌아 양 켠 붉게 달아오른 백일홍 길 끝

백 년도 더 된 노송의 방풍림 좌측 꺾어 수령
오백 년의 은행나무 지나 골목길 끝까지 한 번 더
왼편으로 꺾어 복개천 따라 끝까지 오르면 산 밑
물경 육십칠 년을 살아내신 당신의 집 오롯이
당신이 못내 기다리고 있지요만

누워서 한나절 앉아서 한나절 멍하니 잠들어서
하룻밤 주는 대로 자시고 입히는 대로 입고 여기가
어디냐고 묻지도 못하고 밥숟가락 내려놓으며 줄창
입에 달고 사시는 말씀 "내가 빨리 죽어야 되는데"

미운 말씀 슬프게 하시는 미운 어머니 미우신
어머니 우리들의 어머니

벼 한 포기

웃마* 최씨 어른 낯술 얼큰한 이유가
뽑아 모은 피 무더기 속에서 달랑 벼
한 포기 섞여 있었다는 건데

"내가 말이여 인자 눈 빼이 아이라 손도 어두워진 모양이여 만져보면 이것이 핀지 몬지 알던 시절 다 갔단 말이라"

"그누무 그 모 한 피기 아무데나 기냥 꽂아놓으면 대지 그걸 뭐 고시랑 쇠시랑 형님도 기냥 술 자시고 싶어 한잔 마싯다고 맘 편하게 말 좀 하고 그러요" 이장님 한 말씀 끝

"이 사람 이거 나이 멧살 젊다고 이장 멕기놨디 도로 뺏아야 대겄네 이장 보소! 두 달 상간 지제리 커던 눔 지제리 뺏다 박아도 살둥말둥 할 낀데 아무데나 갔다 박아놔 보소 그기 지 땅맛 지 땅이라고 맡고 살낀가?"

한 잔 더 하슈 막걸리 따르면서도 육십이 세의
젊은 이장님 긴가민가입니다

* 웃마 : 윗마을

제2부

이합집산

이합집산

스물네 시간가량 일해야 하는
아내의 입술 늘 뾰루퉁하고

어머님 노인 복지 요양원에서 자꾸
요구르트만 맛있어 찾아대시고

이혼당한 여동생 딸 하나 데리고
부업거리 찾아 달라 전화로 졸라대고

입대 날짜 삼월로 받아놓은
아들은 점차 외박일을 늘리고

나는 여기 한밤중 달빛 아래 제법
큰 시인인 척 독작 깨작거리고 있고

아무것도 아니네

사랑하고 싶다는 또는
사랑한다는 말 진작부터
잊어버리고 살아야 하는, 그

불혹의 나이

벚꽃뿐만
아니라 개나리 쥐나리 오만
꽃들 흥청망청

흐드러지는 봄의
건널목 비틀거리며 건너봐야

우리
아가가 자라면 필경
대학교는 가야 하고 아가가
졸업하면 나는 저

벚꽃들처럼
져야 하고

꽃 터는 남자

"망할 놈의 물건이 와장창 피었다가 와장창 떨어지면 어디가 덧나나? 사람 못살그로 시도때도 없이 피었다가 한도 끝도 없이 떨어진다, 그 말 아이가…" 기왕에 들고 있던 빗자루 거꾸로 타악 탁 무궁화 꽃 털어 제끼다 사무실 불려 올라가 시말서 써드리고 나오는 우리 공장 신입 청소부 심씨 왈, "옛날 같으면 그기 또 영창 갈 일 똑이라 카는데 참……!"

방심(放心)

머물다 간다고 다
흔적을 남기랴

소나기구름 한때 지나간
텅 빈 하늘

오늘도 나는
평안무사라고

아내가 널어놓은
빨래를 걷는다

사랑

사탕을 빼앗긴
아이는 울고

어부바

등 돌리고 앉으며
사방으로 풍기는

젊은
엄마의

달큼한
젖내음

봄을 바라봄

잠시 눈 돌린 사이
비행운(雲) 한 줄 능선 위로
오라기로 끌려가며 풀려지고

나란히 또는 어긋지게
전깃줄 사이에 두고 시샘하듯
날아올랐다 내리꽂히는 제비들의
희한한 곡선만의 활강제(際)

손 닿길래 무심코
연초록 이파리 톡톡 치자 아야!
아야 아야 아파요 들여다보자
오소소 일어나 떨고 있는 솜털

아직도 목덜미에 와 닿는
바람은 차다고 목도리 두르며
외출을 준비하는 아내의
고만고만하고 도란도란한 잔소리들, 아하!

연초록 솜털마저 일으켜 세우는

보드라운 이 햇살 속에서 한나절

흔들리고 싶다는 거겠지 그래 잔뜩

부풀대로 부풀대로 부풀어서.

바다는

잠시
왔다가 가면서

내 안에
뿌리내리고

이제야 겨우
벙그는 것들

들깨우지는 말고
하고픈 말도 혹시
두고 가지는 말고

바라만 보라고
깊이

들여다만
보라고

감탄사로 잠시

스쳐가는 이들에게

바다는 간간히

안개 위로 솟아올라.

죽어가는 땅에 씨 뿌리는 사람들

— '참, 학' 구미지회 송년의 밤에 부쳐

썩을 대로 썩고 또 썩어
이 땅은 이미
물 조금 갈아주고 퇴비 한 번
더 넣어봤자 지천의 냄새로 마취된
땅심으로는 도무지 소화조차
시킬 수 없을 겁니다. 이야기해도

가만히 앉아
바라만 보는 마음 먼저
죽어가는 거겠지요 움트는 싹들
벌써 저토록 시들고 움츠리고
상처 받고 있는데 팔이라도
걷어붙여 봐야지요 끄응끙
봄맞이 꽃 맞이 준비하는 사람들

꽃을 꽃처럼 피어 꽃처럼 지게 하고
물을 물처럼 모여 물처럼 흐르게 하고
들을 들처럼 놓아 들처럼 서게 하고

풀은 풀대로 나무는 나무대로
심겨진 자리 뿌려진 자리 놓여진
자리에서 다만 무럭무럭
피우게 하자 자라게 하자 흐르게 하자

힘주어 다듬어 올리는 이랑 사이사이
조심스레 발자국 찍으며 다둑다둑
살아 있는 땅 숨 쉬는 땅 푸르른 생명
그득그득한 땅 꿈꾸며 희망
다지는 사람들, 바라는
희망보다 그러나 훨씬
키는 작은 사람들, 씨 뿌리는 사람들

아는 게 없네

몽울 맺은 생강나무 꽃가지 꺾어와
연필꽂이 통 비워 모양대로 꽂는데

여보 이 꽃은 왜
생강 냄새가 날까 몰라

하루 종일 잔디 심고 받아든 일당 팔만 원
침 바른 엄지손가락 힘주어 세고 또 세는데

왜? 적어요? 글쎄요 사모님
잘 모르겠어요

수니파와 시아파가 얽히고설키고 민주와
반민주가 끼어들더니 반정부가 정부를
몰아부치는 듯하다가 다시 정부가 반정부를
쫓아다니고 있는 아랍 아프리카 상황 속보의
텔레비전 뉴스를 보다가 아빠!

저 나라들은 왜 맨날 지네들끼리 지지고

볶고 저 모양이야? 모르겠다 아들아 소문에는
고삐를 묶어 죄였다, 풀었다, 싸움을 붙이는
보이지 않는 검은 손들 있다는데 뭐가 뭔지
아빠도 정말 잘 모르겠다.

인력시장에서 몸 팔기

새벽 밥

든든하게 먹고 나온 만큼

빌어먹을

아무 일이라도

걸리기만 해라!

살아남기

저건
왜
안 죽였니?

더러워서요울어서요만지기도싫
어서요징그러워서요끔찍해서요

소름돋게진저리치게꿈틀거려서
라도버둥거려서라도살아남아구
름낀하늘이라도맘껏쳐다보아라

조용하게 이쁜
저 꽃들의
목숨들

꺾여질까
말까
지금 한창
아슬하다.

봄, 밤, 비

스스 대숲을 기어 나와
이끼 앉은
슬레이트 지붕 두두두 두드리고
비설거지 말끔하게 끝난
마당으로 마침내
내려와 수런대는 비는
표정 더욱 어두워진 채 돌아간
기다리지 않았던 손님의 발자욱을
스미며 스미며 지워낸다

잠들 수 있을까? 무심히
이 비를 맞으며 벌써
떨어질 준비를 하는 꽃들처럼
씨방의 약속 그냥 느낌으로
전달되었겠지 예감하며
꿈 없는 편안한 잠
이룰 수 있을까? 이 밤

그림자들 앞세우고 가던 뒷모습

다행히 바람은 불지 않지만

쫓겨난 모습 곧이곧대로

어느 처마 밑 망연히

비긋고 있을 것만 같아 그 손님

비긋고 있을 것만 같아 더욱 더

귀 기울이는 이 밤의 비, 빗소리

그리고

흔들리고 흔들리는 시절의 봄

이중섭의 소

알고 있었던 게다 그는
코뚜레를 벗어던진 소가 얼마나
즐거울지를, 시원하게
멍에를 벗어던진 조선의 소가
두 발만으로도 일어서 춤출 수도 있을 만큼
미치도록 즐겁고도 즐거울 거라는 걸
알고 있었던 게다 도륙하듯
가죽과 살을 발라낸 뼈와 뼈
뿔과 뿔 사이 튕겨나가고 싶어
들이받고 싶어 팽팽한 저
울울거리는 힘을 그는
보고 있었던 게다 휘두르고 난
칼날의 자국으로 삐쳐 올린
뼈와 뼈를 연결하는 약간의 틈새마다
고삐에 매여야만 쫓기지 않을
순한 눈동자를 가진 종족의 깊고 깊은
절망을 보고 있었던 게다 알고 있었던 게다

어떤 전화

취직 부탁 받았다는 마누라 친구 분의 전화
공손하게 받았더니 대뜸
자신 있게 잘하시는 일이 무어냐고 묻길래

시 쓰는 거 하고 입바른 소리 아무 때나
툭툭 뱉어 대는 거 하고 잘난 체 하는 놈들
다문 한 술판 깽판 치는 거 하고
노가다라고 했더니

그냥 노가다 계속하시는 게 좋겠다고
전화
끊습디다

담배 두 갑

형님보다는 그래도 내가 더
형편 낫지 않겠습니까?

인력시장 일당 오만 원에 팔려
비계 파이프 정리하던
건설현장에서 만난 십몇 년 전 함께
해고 됐던 옛 동지 슬그머니
호주머니 속으로 찔러 넣어주는

심플 담배 두 갑,

서럽지도 않은데 글썽
눈물 같은 게 돌아

이놈의 이
빌어먹을 놈의 먼지들

제3부

사람들

사람들 1

— 일어서지 못하는 사람들

아직은

견딜 만

하답니다

사람들 2

— 좃대 없는 사람들

우리 아버지는 지극 정성으로
조상님들을 섬겼고

우리 형님은 그 정성으로
하나님을 섬겼고

우리 누님은 죽어서의
천년 왕국을 섬겼고

좃대 있는 나는 죽으나 사나
술의 힘
만끽하며 섬깁니다

사람들 3
— 정직한 사람들

아무도

믿지

않습니다

사람들 4

— 다시 일어서는 사람들

다시
일어서는 굳센
사람들 있다기에
깜짝 놀라 찾아갔다가
끝끝내 쓰러져 본 적 없는 사람들만 모여 북적거리기에
더욱 놀라 슬그머니
돌아와 팔소매 둥둥 걷고
걸레 빨아 세정액 듬뿍 묻혀
유리창 깨끗이 닦았습니다

사람들 5

— 세상을 변혁하는 사람들

라면 두 개

싱크대 위에 놓아두고

아내는 오늘도

촛불 시위하러

갔습니다

사람들 6
— 마음 약한 사람들

그는

이십오 년 동안

사장님에게

아니라는 말 한마디

못했습니다 참고로

그의 가족은

팔십 노모를 포함한

일곱 명입니다

사람들 7
— 새벽이 겁나는 사람들

목장 주인들에게
맹물 한 사발 얻어
마신 적 없으면서
비 오는 새벽에도
눈 오는 새벽에도
배달민족의 건강식품
우유 배달하러
자전거 페달 힘없이
밟습니다 오토바이 한 대
사야겠습니다

사람들 8

— 꽃 키우는 사람들

내

부지런을 원망하며

꽃들이 더러

죽음을 허락받으려 합디다만

꽃이란 어차피

살아서 아름답게

꽃 피워야 할 의무가 있노라고

물

더욱 자주 주곤 합니다

사람들 9

— 관계 맺는 사람들

화해 술 마시며

족보 따져 보니까

처삼촌 막내 사위

사촌 동서 됩디다

사람들 13

— 전쟁을 반대하는 사람들

방패가 되겠노라
포화 속 맨몸으로
뛰어드는 사람들
촛불을 들고 광장으로
모여드는 사람들
전쟁 반대 피켓을 들고
거리를 행진하는
사람들 모두 우선은
속수무책이라고
귀엣말 주고받고 있습디다만

사람들 38

— 환장하게 만드는 사람들

ㄱ. ㅇ. 길이 그 사람도 그렇고
ㄷ. ㅂ. 호 그 사람도 거 보기보다
똑똑하데? 한 술 더 떠서
"민주노동당" 그 사람들 그거
하나같이 말 잘하데 맨날
데모만 해싸서 그런가?

길길길 받아 웃으면서도
속이
확
뒤집어집니다.

사람들 42
— 실업급여 받는 사람들

"ㅆ, ㅂ, ㄹ, 년 제 돈 주는 것도 아니면서
까탈스럽기는……"

"아뭇소리 말어! 이거라도
안 주면 어쩔 건데……?"

금연 스티커 선명한 화장실 구석에서
아랑곳, 담배 연기 꾸역꾸역 내뿜고 있는

제4부

미안하다

매료

나 같은 놈이
많이 있는 곳에 가도
화가 나고

나 같은 놈이 너무
없는 곳에 가도
화가 난다

회상

도투마리꽃[*] 냄새가 난다
지는 해
저무는 강 곁
소롯길을 걸어 돌아오다 보면

꼬집어
따뜻할 수만은 없었던 우리들의
사랑

등 뒤로 떨어지는
눈물 냄새가 난다 바람 소리
묻히는 창가 끝없이 와서 녹는
잔설이다 보면 무너짐이다 보면

* '도꼬마리'의 방언.

돌겠습니다

웬 떡인가 싶어 들어간 공장들
어영부영 일 년 안에 문 닫고

인심이 좀 좋다 싶어 단골로 내정한
칼국수집 막걸리집 곱창집 다
반년도 못 가서 문 닫고

쓰시는 글들 읽을 만하다고 대충
존경할 만하면 절필하시거나 평균
수명도 다 못 채우시고

오십 넘은 나이까지 선거 때마다 흡족하게
찍어준 분들은 또 한 분도 당선 안 되고, 참

돌겠습니다

감동

착하게

삽시다

열심히

사랑합시다

입에 발린 이

뻔한 말씀도

삭은 듯

어리버리한

당신의

목소리로 들으면

가슴 한켠

조금

저릿합니다

시대의, 어떤 영전 앞에서

고인의 삶에 비추어
아주 부끄러운 놈들은 숫제
묵묵
부답

조금만 부끄러운 놈들 겨우
분향
제배

부끄러움 아예
모르는 놈들만 끼리끼리
버얼건 얼굴들로
왁자
지껄

마지막 가시는 길
끝자락에서도 참
난감하시겠습니다

경주 남산 기행

참 숙연히도 둘러서서 합장 삼배 올리고들 계신
무덕 무더기의 보살님들 봐서라도 비우고 버리고
조그맣게라도 한 판 깨우치고 가자 작정 그득하게
앉으신 채 서신 채 온통 너그러운 부처님 전 낮추어
아직도 나누어주실 평정의 마음 남겨두셨다면
제게도 얼마간 미루어주십사 빌어보기도 하지만

감은 눈 속 저미며 들어와 앉아 자꾸 조바심치게 하는
해진 감발 삼베 바지 적삼 맨 상투 바람에 유독
손마디만 툭툭 불거진 사내들 소금 땀 번들대는 얼굴로
몇날 며칠 파고 쪼았을 정과 망치 끝 우아하게 묻어나와

부드러운 질감으로 휘감기고 흘러내린 가사 장삼의
저 곡선의 마음들 천년을 흘러 지금 같잖은 중생 몇 분에게는
과연 해탈의 경지 맛보게 했을까? 하고는 있을까?

눈뜨고 돌아서서 무안하게 마주치는 서쪽 하늘 아득한
아래로 손잡고 돌아가며 겹친 능선의 또 다른 곡선들

눈높이로 툭툭 걷어차며 내려와 오목하게 자리 잡은
마을 안 정자나무 밑 둘러앉아 중언부언 주절주절
비운 만큼 채우고 가자 부어넣는 차가운 소주의
오장을 녹이는 짜르르한 이 맛 크아ㅡ!
어찌한단 말이냐. 그래도, 나무는 관세음보살인데

술값

먼저 내려고
안달하는 이들의

안색들 대충
파리하시고

목울대 불끈 세우며
말씀 많았던 분들은
계산대 앞에서

꼬옥꼭 신발 끈
풀었다 다시 묶고
있으시다

슬픔의 이유

전화번호 누르고 아차
그대의 이름이
생각나지 않는다

이 쓴맛의 나뭇잎의 나무
산속에서 다시 만났는데
그 이름이 생각나지 않는다

글썽이며 책을 덮고 한동안
담배 한 대 피워 물었던 그런
기억뿐

주인공의 이름이
생각나지 않는다

경부대운하

떠들지 않아도 다
알고 있다고 말한다 강물의
길이, 깊이 넓이가 이루어가는
모양은 다음에 또 다음 다음에도 이어질
경제에게 맡겨버리면 될 일

강 건너편에서 한 번만 더
돌아봐 달라고 손수건 흔들던 그리움의
아련한 무게 정도

갈대의 숲 속에 쪼그리고 앉아 숨죽여
훌쩍이며 스스로 위안 받던
말 못하는 것들의 슬픔 같은 것

선진 강국의
이 시대쯤엔 아무
소용없다고 벌써

이별하고 왔다, 라고 그, 들은 감히

말하고 있다 가진 것보다 지금은
가져야 할 것 꿈꿀 때라고
유형에서
무형으로 진보 발전하는 오히려
역사의 강 속으로 풍덩 뛰어들어

흠씬 젖어보자고 풍족하게
다 함께 젖어보자고 진심인 듯
흥건하게 말하고 있는
것이다

섬뜩하다면
다들 긴장하라!

가을

팔 대 일의 치열한 경쟁을 뚫고 비로소
어엿한 시청 직속 환경미화원이 된 아들의
야광 조끼 등짝에 묻어온 낙엽들 곱게 씻어
동전처럼 모아두는 당숙모님의 아린 계절

후예들

다들 적자입네 상속은
우리가 받아야 합네

사분오열 인간해방
지리멸렬 노동해방

전설로만 떠받들고 싶은
그

말씀들만 많은 가슴들 속에

아직도
살아계셨습니까?

살아계셨습니까?
불행히도

요통

제대로 한 방 맞았습니다 무심코
앉았다 일어서며 삐거덕 어긋난
허리의 통증에 갇혀 십 수 일 개뿔이나
노동이고 해방이고 뒷전입니다

한의원 침대 위 허리통 까고 엎드려
뜨끔뜨끔 꽂히는 침의 숫자 헤아리며
선생님의 손이 약손이길 선생님 손이 약손이길
꿍얼꿍얼 빌고 있는 가감 없이 불쌍하고
다만 가난한 백성일 뿐입니다

전화하지 마십시오 당분간은
면회는 사절입니다 희희낙락 낭창할
음주가무의 초청에도 속수가 무책인데
집회 참석이라니요 더더욱
당치 않습니다

오십 이제 갓 넘긴 나이인데 무얼

큰소리치던 말들 합!

입 다물어야겠지요 부끄럽게도 참

제대로 한 침 맞고 있는 중입니다

낮잠

봄 산에서

당분간 버렸던 푸르름
되찾으며 밀어 올려
터져 나오는 새싹들의
연초록 힘

망설임 없이 성큼
다가가 손잡을 수 없는

마음 속상해 양지바리
쪼그리고 앉아 담배 한 대
피우고 꼬박꼬박
졸고 있는 마음

여름 산에서

가까이 오지 말라는 데도
저놈의 저 땡볕

머리맡 돌아 그냥

지나가라는 데도 자꾸

이마 위 직선으로 따갑게

꽂히며 땀 흘리라고 땀

흠뻑 뒤집어 쓴 채 푸욱

깊은 잠

드실 줄도 아시라고

가을 산에서

조용히 하거라 이놈들

쓰르라미야 도토리

떨어지는 소리야 익은

바람 소리에 덩달아 까무룩

단풍 익어가는 소리야

잠 좀!

자자!

겨울 산에서

하다못해 목덜미라도 좀

따뜻하게 탁탁

두드려 달라는 데도

손바닥만 한 구름

일부러 찾아 숨는 해님

저도 춥겠지

이해하자

춘설

싱싱하게 갈아엎은
논바닥 위에서 하얗게
시작의 봄과
끝의 겨울이

한밤중
어둠 속에서 은밀하게

회포
나누었을 것이다

갈 때와 올 때를 안다는 것

바람의 뜻대로 가지 위에서
눈꽃으로 몽롱하게 얼싸안던
열정도 부신 햇살 아래 먼저
눈물 바람으로
떨어진다 선선히

손 흔들어라!

봄비

비 내리네
맞으면

머리카락 빠지는
산성비라네

머리카락 없는
개구리의 울음도 없는

논둑 위로 봄비
우두커니 내리네

2011 부산

— 한진중공업 앞에서

너에게 희망 준다고 달려가는 2차 희망버스 안에서
나는 자꾸 눈물을 훔친다 누가 누구에게
희망을 주고 있는가? 누가 누구에게 과연
희망을 주고 있는가?

줄기차게 비 내린다 즐겁게 두드리는
빗줄기 속에서 너의 삶을 생각한다 여기가
부산인가? 한진중공업인가? 박창수가
죽었던 곳인가? 곱씹으며 크레인 올라갔을
너의 결정을 생각한다

왔다 간다 동지여 저들이 쳐놓은 차벽 결국
타 넘지 못하고 넌지시 너의 희망을 나의
희망으로 껴안듯 고함 몇 번 지르고 빗속에서
행복하게 우리 왔다 간다 너도

행복하게 견뎌라 올해 장마는
유독 길단다

자생적 사회주의
— 또는 공동체

맨땅 밟지 못하는 네모 반듯반듯한
아파트 당최 정 붙지 않는다 죽을 때까지
여기 있을란다 고향 집 굳세게 지키고 계신
어머니의 유일한 나들이 집 겨울 경로당
인사차 들렀다 화들짝 한 깨달음 얻다

광분네는 어제
쌀 가져왔고

금훌네는 엊그제
된장 가져왔고

얻어먹는 염치
눈치 뵈기 싫어

큰맘 자시고
포기김치 큰 두 포기

검정 비닐 봉다리에 담아

경로당 가시는 늙어

홀로 고향 계시는

어머니

기억

새마을, 아리랑, 남대문, 한강, 백조
신탄진, 한산도, 거북선, 하나로

다른 사람을 위해서 피우지 말아 달라는
금연거리 전봇대 뒤 쪼그리고 앉아

아참!
화랑 담배도 있었지 폴폴폴

담배 연기
뿜어내다

기억

비둘기, 통일, 무궁화, 새마을
야간 KTX 타고 흐르듯
부서져 나가는 산 밑 동네들의
은밀한 이야기들 스치고 지나치는

세상 참
좋아졌지?

황사

그 먼 나라에서
바람에 불려 날아온
서러운 편지

니네들만
잘
살고 있냐고……

희망에 대하여

교육을 이야기하면
출세부터 생각하고

정치를 이야기하면
다 그렇고 그런 놈부터 생각하고

통일을 이야기하면
보다 큰 떡의 넉넉함부터 생각하고

자유를 이야기하면
내 마음대로부터 생각하고

평등을 이야기하면
다만 가만히 놓아둠 정도 생각하고

인권을 이야기하면
너보다는 내 것부터 생각하고

노동을 이야기하면
'개 같이 벌어서

정승같이 쓴다.' 를 생각하고

법을 이야기하면
바보들의 약속부터 생각하고

미래를 이야기하면
주머니 속 동전 수부터 헤아리는

우리에게는 대체로 희망이 없다라고 말할 수
있겠다

미안하다

손 내밀지 않아도
알아서

입시 지옥에서 빼내주겠다던
이십 년 전의 약속
못 지켜

미안하다,
고3의 아들

손 내밀지 않아도
알아서
두들겨 깨우려는
죽음의 불꽃들

다시는 피우지 않게 하겠다던
이십 년 전의 약속 못 지켜

미안하다 나가라면 나가고

들어오라면 들어가야 하는 조건

요지부동의 공장, 이건 아니다
아니다 외치고 외치다 마침내

시너통을 선택했던 젊디
젊은 KEC 동지!

약속이야
하나마나

거기 있어라
여기 있겠다

먼발치로 안부 주고
스치며 안부 받던

갈대여 모래무지여 쏘가리여
시커멓게 뒤집힌 강바닥 위

허옇게 배 뒤집고 누울
수염 까칠하게 말아 올린 잉어 떼여

지켜주지 못하고
발만 동동 구르는

낙동강변 사람들 몇몇 무릎 꿇고
절하고 있다 미안하다, 미안하다

봄맞이

샅샅이 갈아 엎치는 못자리판 올챙이들
만큼 도망치는 시늉이라도 하던지 땅
강아지 굼벵이 고추벌레처럼 아예 흙
고물 투성이로 보이지나 말든지 이건
어쩌라고 한들한들 바람 곁에 흔들리며
웃으며 독한 절명의 약 간드러지게
허리 비틀며 다수굿 기다리고만 서 있는지
가을을 꿰차고 올 국화꽃들을
위해 그래 꽃다지 별꽃 봄맞이 꽃
냉이 꽃들 두루두루 미안하다만 순순히
시들어라 이얍!

■ 해설

반(反)근로기준법의 시학

맹문재

1.

육봉수 시인은 한국의 시문학사에서 반근로기준법의 시인으로 불릴 것이다. 그렇게 불려야 할 것이다. 그가 한국의 시인 중에서는 처음으로 근로기준법을 전면적으로 작품화했기 때문이다. 근로기준법을 단순히 제재로 삼은 것이 아니라 실제의 적용에서 무엇이 문제인가를 노동자의 입장에서 구체적으로 파악하고 모순점에 맞섰기 때문이다. 그리하여 그의 작품은 노동시의 영역을 한층 더 확장시키고 심화시키는 데 기여했다고 평가할 수 있다.

근로기준법은 1953년 대한민국 법률 제286호로 제정되었다. "헌법에 따라 근로조건의 기준을 정함으로써 근로자의 기본적 생활을 보장, 향상시키며 균형 있는 국민경제의 발전을 꾀하는 것을 목적으로 한다."(제1조)고 규정하고 있듯이 노동자를 보호한다는 취지에서 만든 것이다. 사용자의 힘이 남용되는 것을 막아 노동자의 경제적 사회적 지위를 향상시키려는 것이었다.

노동자의 지위를 향상시키는 방법으로는 근로기준법처럼 사용자의 행위를 규제하는 것과 노동조합을 통해 스스로 마련하는 것이 있는데, 노동자들은 노동조합을 통해 마련하는 것이 보다 타당하다고 여긴다. 그만큼 근로기준법은 노동자들로부터 신뢰를 받지 못하고 있다. 개별 노동자의 권리는 개별적으로 실현되는 것이기에 근로기준법은 매우 중요한데도 노동자들은 기대하지 않는 것이다.

근로기준법의 제1조 규정에서 '헌법에 따라' 근로 조건의 기준을 정한다는 사실은 주목할 필요가 있다. 헌법은 "근로조건의 기준은 인간의 존엄성을 보장하도록 법률로 정한다."(제32조 3항)라고 규정하고 있기 때문이다. 다시 말해 노동자가 인간으로서의 존엄성을 확보할 수 있는 근로 조건을 최고의 법이 보장하고 있는 것이다. 그러므로 한국에서 살아가는 사용자라면 힘을 남용할 수 없고 노동자라면 보호받을 수 있는 것이다.

그렇지만 실제로는 근로기준법이 제대로 시행되지 않고 있다. 노동 조건에 해당되는 임금, 노동 시간, 재해 보상 등에 이르기까지 근로기준법은 상세하게 규정하고 있지만, 사용자는 무시하거나 자의적으로 적용하고 있는 것이다. 근로기준법이 처음부터 노동자를 위한 것이기보다는 정치적인 이유에 의해 제정되었기 때문에 제대로 지켜지지 않았는데, 여전한 것이다. 그리하여 1970년 11월 13일, 전태일 열사는 평화시장 앞에서 근로기준법 책을 손에 쥔 채 "근로기준법을 준수하라!"라고 외쳤다. 육봉수 시인 역시 자본주의 체제 속에서 살아가는 우리들에게 들려주고 있다.

1970년
겨울의 막 문턱 서울 청계천 평화시장 앞 푸른 불꽃 휘감은 채
"근로기준법을 준수하라! 내 죽음을……
내 죽음을 헛되이 말라" 외치던 한 청년
재단사의 죽음으로 인해 잠깐 동안
세인의 입초시에 제법은 본때 있게
오르내리기도 했었던 제1장 총칙으로부터
제2장 근로계약 제3장 임금 제4장 제5장
도합 9장 112조의 근로기준법

1953년
전쟁의 포연 한창인 항도 부산
어쩌면 한때 수탈의 음모 지천이었을지도 모를
군국의 적산 가옥 이층 소리 소문 없이
민족이, 민중이, 생산이, 발전이
꼬집자면 역사도, 정치도, 외세 침략의 의미마저도
몰랐을 듯 싶은 한 늙은 권력가의
저녁식사 후의 식상스런 한마디쯤의
지시에 의해 다만 구색만을
오로지 명분만을 목적으로 태어났던 그 이후
맹목적 발전과 번영을 기반으로
북 치고 장구 치던 정권 속 시나브로
개정과 개정 또 개정의 걸레처럼
너덜거리는 실상과는 달리 겉으로는 여전

있는 듯 마는 듯 혹시나 누설될세라
국가 기밀 이상도 이하도 아니게 그냥
보호 보관 소장되어 왔을 뿐인 순진무구
함구무언의 근로기준법, 그렇다고 무슨
기대어 반짝하고 빛나줄 아름다운 노동자의
미래가 있는 것도 아니지만 현장 생활 석삼년
한번만이라도 진정 우리의 것으로 껴안아보기 위해
애면글면 책장 넘기며 밑줄의 치는 것은

그날 그 시각 그 젊은 재단사는
왜 스스로 불붙어 산화했고
묶어라 묶어라 졸라매기만 해야 하는
가늘 대로 가늘어진 내 허리 하마
언제쯤이면 풀어볼 수 있을까? 하는
지극히 어리석은 질문 때문이다 섣부르게
함부로 만들어진 법도 법이지만 일껏
만들어 두고도 뒷전으로
뒷전으로만 내어 돌리려는 그 따위의 아리송한
의문 때문이다. 그렇다 생각할수록 우스운
지극히 어리석은 의문 때문이다.

—「근로기준법」 전문[1)]

근로기준법은 "1953년/전쟁의 포연 한창인 항도 부산"에서 "한 늙은 권력가의/저녁식사 후의 식상스런 한마디쯤의/지시에 의해 다만 구색만을/오로지 명분만을 목적으로 태어났"다.

1) 육봉수, 『근로기준법』, 삶이보이는창, 2002, 109~111쪽.

1951년 조선방직에 근무하던 여성 노동자들이 낙하산으로 내려온 사장의 횡포와 보건 차원에서 지급하던 생리대마저 끊기자 12월부터 파업 투쟁에 들어갔다. 그런데 여성 노동자들의 파업 투쟁이 이승만의 독재 정권을 규탄하는 방향으로 확대되자 노동법을 제정하는 분위기가 형성되었다. 그리하여 1953년 노동조합법, 노동쟁의조정법, 노동위원회법과 함께 근로기준법이 제정되었다. 그렇지만 제정된 근로기준법은 일본의 노동법을 베낀 것에 불과했을 정도로 현실과는 동떨어진 것이었다. 근로기준법에는 1일 8시간, 주 6일제, 주 48시간 등을 법정 노동시간으로 규정하고 있었지만 한국전쟁으로 인해 폐허화된 상황에 적용하기가 어려웠다. 뿐만 아니라 사용자들의 후진적인 노동인식으로 근로기준법이 준수될 리 없었다. 대한노총 역시 자유당의 하부 단체로 전락되어 근로기준법의 요구나 감독에 관한 활동을 전혀 하지 않았다. 더욱이 1961년 5 · 16군사쿠데타의 등장으로 인해 노동법의 효력이 정지되고 노동조합의 활동이 규제되면서 근로기준법은 유명무실해졌다.

그에 반해 사용자의 노동자에 대한 탄압은 강화되었다. 수출 주도형 경제 정책을 추구한 정부는 노동자를 혹사시키면서 생산량을 증대시키는 사용자의 경영 전략을 지원하거나 묵인했다. 그리하여 노동자들은 근로기준법이 있는지조차 알지 못한 채 생존을 위해 세계에서 가장 긴 노동 시간과 저임금에 시달렸다. 그와 같은 상황에서 전태일 열사가 나섰다. "1970년/겨울의 막 문턱 서울 청계천 평화시장 앞 푸른 불꽃 휘감은 채/"근로기준법을 준수하라! 내 죽음을……/내 죽음을 헛되이 말라"고 외친 것이다. "한 청년/재단사의 죽음으로 인해" 근로기준법은 한국 사회에서 주목받게 되었다. 그렇지만 그것도 아주 "잠깐 동안"이었다. 노동자의 희생을 당연시하는 정부의 경제개발 정책으로 인해 근로기준법은 또다시 무시된 것이다.

육봉수 시인은 그와 같은 현실을 방관하거나 침묵하지 않았다. 더 이상 노동자의 희생을 강요하는 자본주의의 명령에 순종할 수 없다고 근로기준법의 문제점을 전면적으로 드러낸 것이다. 그러므로 그를 반근로기준법 시인이라고 부를 수 있다. 그의 시 정신을 계승한다는 차원에서 그렇게 불러야 할 것이다.

2.

육봉수 시인은 노동자 중에서도 근로기준법마저 적용받지 못하는 이들에게까지 관심을 확대했다. 그들은 다름 아니라 비정규직 노동자이거나 실업 상태에 있는 노동자이다. 비정규직이나 실업을 자의적으로 선택한 노동자도 있겠지만, 그와 같은 이들은 극히 예외적이다. 모두들 정규직이라는 별을 따고 싶어 하는 것이다.

정규직이나 비정규직이란 개념이 한국 사회에 본격적으로 등장하고 문제가 된 것은 1997년 외환위기 이후부터이다. 국제통화기금은 한국 정부가 요청한 구제 금융을 받아주는 대신 은행의 자기 자본 비율 8% 이상 유지를 비롯해 기업의 인수 및 합병, 부실한 기업의 정리, 노동 시장의 유연화 등을 조건으로 제시했는데, 다급한 정부는 수용할 수밖에 없었다. 그 후 기업들의 구조 조정이 본격화되었고 해고 노동자와 비정규직 노동자가 양산되었다. 육봉수 시인은 그와 같은 상황을 구체적으로 그려냈다.

> 같은 시간에 같은 차를 타고
> 같은 문으로 같이 출근하고
> 같은 기계를 같이 돌려도 그는
> 나의 이름 알려 하지 않고 나도
> 부를 일 거의 없는 그의 이름 굳이
> 알려고 하지 않습니다
>
> 필요할 때만 간간히 부딪히는
> 약간 미안한 눈빛만으로도 능히
> 그의 작업 지시는 내게로 와 닿고
> 흩어진 박스를 정리하며 나는 또
> 무심한 척 약간만 부끄럽고
> 휴식 시간이면 우리는 은연중
> 서로가 서로를 밀어내는 아예
> 남남입니다
>
> 본 공장 노동조합 조합원인 그는 당연 알고
> 이대로라면 노동조합 조합원 다시 한 번
> 되어 보겠다는 꿈 영원히 접고 말아야 할
> 나도 아는 동일노동 동일임금의 뜻은
> 3일의 오차를 두고 받아드는 서로의
> 월급봉투 안에서만 혓바닥 빼어 물 뿐
> 누구도 말해서는 안 될 무언의
> 금기사항입니다

시작은 이렇지가 않았다고
맨 처음의 시작은 절대 이렇지가 않았다고
누군가 말하는 걸 들은 적 있습니다 하다못해
저 높은 곳의 사장님까지도 평등 앞에 묶어 세워
내남 없고 차등 없는 즐거운 일터 만들어 보자
어쨌거나 시작은 그랬다고 했습니다

급할 때 급하게 불러다 쓰는 하루살이
일용직 근로자를 빼고라도
파견근로자 위에 계약직 근로자
계약직 근로자 위에 사내 하청근로자
사내 하청근로자 위에 정규직 노동자
정규직 노동자 위에 계장 과장 부장 또
그 위와 그 위 더욱 더 그 위와 그 위

해 떨어지고 작업 종료 5분 전
예비 차임벨이 울립니다 작업 일지 챙겨 든
정규직의 그는 하루의 성과 보고하러
사무실로 가고 빗자루를 챙겨 든 나와 같은
행색의 사람들만 남은 작업장 안 비로소
시끌벅적해집니다 어디서부터 어떻게
생기는지도 모르게 생겨나 자꾸만
허리 구부리게 하는 하루가
끝나갑니다 기계들이 꺼집니다
지루하게 끌고 돌던 컨베이어
일제히 멈추어 섭니다 작업등이 꺼집니다
허리를 폅니다.

―「관계―어느 비정규직 노동자의 이야기」 전문

"같은 시간에 같은 차를 타고/같은 문으로 같이 출근하고/같은 기계를 같이 돌려도" 정규직과 비정규직은 다르다. 신분상의 차이는 물론이고 임금을 비롯해 각종 수당에서 그리고 사회적 위치에서 차이가 나는 것이다. 그렇기 때문에 "그는/나의 이름 알려 하지 않고 나도/부를 일 거의 없는 그의 이름 굳이/알려고 하지 않"는다. 같은 작업장에서 일하면서도 서로 "남남"인 것이다.

정규직과 비정규직의 차이는 노동조합 활동에도 영향을 미친다. "본 공장 노동조합 조합원인 그는 당연 알고/이대로라면 노동조합 조합원 다시 한 번/되어 보겠다는 꿈 영원히 접고 말아야 할/나도 아는" 것이다. 그리하여 서로는 연대활동을 하지 못해 신분 보장이며 임금 등 여러 면에서 비정규직 노동자가 불리해질 수밖에 없다. 비정규직보호법(비정규직법)이 제정되어 있지만 해결 방안이 되지 못하는 것이다.

비정규직보호법은 1997년 외환위기 이후 비정규직 노동자가 전체 노동자의 30% 이상이 될 정도로 급증하자 2007년부터 시행되었다. 비정규직 노동자의 신분상 차별을 막고 권익을 보호하기 위해, 즉 비정규직 노동자의 문제를 방치하면 사회의 양극화가 더욱 심화될 수밖에 없기에 제정된 것이다. 비정규직보호법의 핵심은 계약직 노동자로 2년 이상 근무하면 정규직으로 전환하고, 정규직과 동등한 업무를 수행할 경우 임금에서 차별을 받지 않게 하는 것이다. 그렇지만 실제로는 정규직과 비정규직 노동자의 차별을 해소하지 못했다. 오히려 비정규직 노동자의 양산을 가져왔다. 계약직 노동자가 2년 이상 근무해서 정규직으로 전환된 경우 못지않게 그 이내에 해고된 경우가 많았다. 또한 같은 일을 하고도 비정규직 노동자의 임금이 정규직 노동자의 70% 정도에 이르고 말았다.

따라서 노동자들 스스로 공생할 수 있는 방안을 적극적으로 개진해야 한다. 자본주의 체제의 분신인 사용자는 노동자의 요구를 쉽게 들어주지 않을 것이지만 노동자가 주체적으로 나서야 한다. 그러기 위해서는 우선 정규직 노동자들이 변해야 한다. 자신들의 기득권을 양보해서 비정규직 노동자들과 연대해야 하는 것이다. 그와 같은 본보기는 뉴코아-이랜드의 연대 투쟁에서 볼 수 있다. 뉴코아와 이랜드의 사용자는 비정규직보호법을 악용하여 기간제 노동자들을 2년 이내에 해고했다. "정규직이 돼서 한 달에 150만 원, 200만 원 받고 싶다는 것도 아니고, 지금처럼 한 달에 80만 원, 1년에 960만 원 벌게 해달라"[2]는 기간제 노동자들의 요구를 무시한 채 해고한 것이다. 그리하여 비정규직 노동자들은 투쟁할 수밖에 없었는데, 정규직 노동자들이 연대해 마침내 사용자의 횡포를 막아냈다.

정규직 노동자들이 비정규직 노동자들과 함께해야 되는 이유는 사용자는 필요하면 언제든지 정규직 노동자를 비정규직 노동자로 만들 수 있기 때문이다. 실제로 사용자가 비정규직 노동자에 먼저 손대는 것은 궁극적으로 정규직 노동자를 손대기 위한 것이다. 따라서 뉴코아-이랜드의 정규직과 비정규직 노동자들이 연대해서 투쟁한 것은 공생전략의 좋은 예가 된

2) 프레시안, 「문화연대 "맨유 선수들이 이랜드 노동자들의 현실 볼까 두려웠던 정부"」, 『프레시안』, 2007. 7. 20.

다. 점점 자본주의에 종속되어 가는 작업장을 “내남 없고 차등 없는 즐거운 일터 만들어”낸 것이다. 그렇지만 자본주의의 파고가 워낙 높아 노동자들이 공생하기란 결코 쉽지 않다.

팔팔년 군사정권 때는
강성 노조 위원장님이었다가

의기양양 문민의 정부 때는
거듭거듭 해고 노동자였다가
멀쩡한 국민의 정부 때는
작업복만 바꿔 입은
사내 하청 노동자였다가

마침내 참여정부가 되어서야
오 개월 계약 비정규직 노동자로
위원장님 이전의 컨베이어 앞으로
원직 복직되었습니다

—「한심한 이력서」 전문

“팔팔년 군사정권 때는/강성 노조 위원장님이었”던 한 노동자가 “문민의 정부 때는/거듭거듭 해고 노동자”로, “국민의 정부 때는/작업복만 바꿔 입은/사내 하청 노동자”로, 그리고 “참여정부가 되어서야/오 개월 계약 비정규직 노동자로” 추락한 사실을 전기적으로 소개하고 있다. 사용자의 필요에 의해 정규직 노동자가 해고자가 되고 하청 노동자가 되고 비정규직 노동자가 될 수 있는 현실을 여실히 보여주는 것이다. 이제 노동조합도 노동자를 지켜주기가 쉽지 않다.

노동조합은 노동자에 의한, 노동자를 위한 단체이다. 노동자는 사용자와 대등한 위치가 아니므로 노동 계약을 할 때 자신의 권리를 충분히 반영시키기 어렵다. 그리하여 노동조합이 노동자의 생존권이나 지위를 앞장서서 향상시킨다. 구체적으로 노동자의 임금, 근무 조건, 복지, 안전, 산재 보상 등을 향상시키는 것이다. 그에 따라 노동조합 위원장의 책임은 크고도 무겁다. 그동안 수많은 노조 위원장이 노동자를 위해서 투옥되거나 심지어 분신까지 감행한 것은 그 책임감의 정도를 잘 보여준다. 그렇지만 노동조합 위원장의 대가는 "해고 노동자가" 되거나 "비정규직 노동자"가 될 정도로 참혹하다. 자본주의 체제의 분신인 사용자는 노동자를 종속시키기 위해 노동조합의 위원장을 우선 무력화시키는 것이다. 육봉수 시인은 그와 같은 상황에 물러서지 않고 맞섰다.

3.

모든 노동자는 인간다운 삶을 영위할 수 있는 노동 조건을 희망한다. 그러나 신자유주의를 바탕으로 한 자본주의가 심화되고 있기에 이루기가 쉽지 않다. 자본주의는 자기의 이윤을 철저히 추구하기 때문에 방해가 된다고 여겨지는 노동자는 예외 없이 처리한다. 그러므로 비정규직 노동자와 해고 노동자가 계속 늘어날 수밖에 없는 것이다.

자본주의는 노동자 대신 컴퓨터를 입사시킨다. 이제 컴퓨터가 노동자의 작업장을 점령해가고 있다. 아탈리(Jacques Attali)가 얘기했듯이 "기계가 새로운 프롤레타리아이다. 노동 계급

에게는 해고 통지서가 발부되고 있"[3]는 것이다. 그리하여 해고된 노동자는 쓸모없는 존재가 되어 근로기준법의 보호를 받을 수도, 노동조합의 활동도 함께할 수 없다. 이와 같은 상황에서 노동자가 선택할 수 있는 길은 생의 포기 아니면 투쟁인데, 당연히 투쟁하는 것이 바람직하다.

너에게 희망 준다고 달려가는 2차 희망버스 안에서
나는 자꾸 눈물을 훔친다 누가 누구에게
희망을 주고 있는가? 누가 누구에게 과연
희망을 주고 있는가?

줄기차게 비 내린다 즐겁게 두드리는
빗줄기 속에서 너의 삶을 생각한다 여기가
부산인가? 한진중공업인가? 박창수가
죽었던 곳인가? 곱씹으며 크레인 올라갔을
너의 결정을 생각한다

왔다 간다 동지여 저들이 쳐놓은 차벽 결국
타 넘지 못하고 넌지시 너의 희망을 나의
희망으로 껴안듯 고함 몇 번 지르고 빗속에서
행복하게 우리 왔다 간다 너도

행복하게 견뎌라 올해 장마는
유독 길단다.

—「2011 부산 — 한진중공업 앞에서」 전문

• • • • •

3) 제레미 리프킨, 『노동의 종말』, 민음사, 1996, 26쪽.

"2차 희망버스 안에서" "자꾸 눈물을 훔"치는 시인의 모습이 눈에 선하다. 주지하다시피 "희망버스"는 부산에 있는 한진중공업 영도조선소 85호 크레인 위에서 농성을 한 김진숙 민주노총 부산 본부 지도위원과 노조원들을 응원하기 위해 운행된 버스를 지칭한다. 2011년 6월에 시작한 파업이 11월에 끝날 때까지 다섯 차례 운행되었는데, 그 후 다른 사업장으로 확대되어 지금까지 운행되고 있다. "희망버스"에 대해 3자 개입으로 노사 갈등을 부추긴다는 비판도 있지만 노동자들뿐만 아니라 대학생이나 시민들이 자발적으로 연대한다는 점에서 새로운 노동운동 내지 사회운동의 등장으로 볼 수 있다.

2010년 12월, 한진중공업의 사용자가 경영의 악화를 들어 생산직 노동자 400명을 희망퇴직 시키기로 결정하자 노동자들은 정리해고의 전면 철폐를 주장하며 농성을 벌였다. 이듬해 1월부터는 김진숙 노동자가 85호 크레인 위에 올라가 농성을 시작했다. 그런데도 사용자가 입장을 고수하자 시민들은 6월부터 희망버스를 타고 농성장에 도착해 촛불 행진 등으로 응원했다. "2차 희망버스"가 운행된 때에는 야당 정치인들을 비롯해 약 1만 명이 참가할 정도로 호응이 높았다.

그 노동자들 속에 육봉수 시인이 들어 있다. 시인은 농성 노동자들을 응원하면서 "누가 누구에게 과연/희망을 주고 있는가?"라고 자문한다. 막연히 호소하거나 외치는 것이 아니라 노동자로서 추구하는 희망이 가능한가를 고민하고 있는 것이다. 그만큼 시인의 희망은 진실하고도 절박하다. 또한 "지켜주지 못"해 "미안하다"(「미안하다」)고 토로할 정도로 인간적이다. 그리하여 시인은 "저들이 쳐놓은 차별 결국/타 넘지 못하고 넌

지시 너의 희망을 나의/희망으로 껴안듯 고함 몇 번 지르고 빗속에서/행복하게 우리 왔다 간다"고 안타까움을 전하고 있다. 함께하겠다는 의지를 겸손하게 표명하고 있는 것이다.

자본주의 사회에서 노동자가 인간답게 살아가기 위해서는 "희망버스" 같은 행동이 필요하다. 노동자는 자본주의의 횡포에 제대로 대처하지 못하고 있다. 대처 방안을 마련해도 자본주의가 변하는 속도에 따르지 못한다. 그리하여 노동자는 해고되거나 비정규직의 처지가 되고 만다. 다른 노동자와 공생할 수 없는 위치로 추락하는 것이다. 그러므로 노동자는 연대의식을 가지고 나서야 한다.

당신
해고자요?

…아니요.

그런데 여긴
무엇하러 왔소?

그렇게 될까 봐 왔고 왜?

—「노동자 대회」 전문

근로기준법이나 비정규직보호법의 보호를 받지 못하는 노동자들은 '88만원'을 벌기 위해 잠도 자지 않고 일한다. 심지어 자신의 희망을 포기하고 세상을 등지기도 한다. 그렇지만 실패한 그들에게 전적으로 책임을 돌려서는 안 된다. 그보다는 최저생계비를 보장해주지 않거나 노동의 대가를 지급하지 않거나 노동할 기회를 박탈한 자본주의 체제에 맞서야 한다.

육봉수 시인은 "여덟 시간/주간근무. 일당 팔천오백 원 수당은/없습니다 단지 회사의 사정상/잔업 두 시간은 필수적입니다 계약/하기 싫으면 그만 두셔도/상관은 없습니다 당신 아니라도/일할 사람은 수두룩 널려/있으니까요"(「근로기준법 제13조」)라고 위법적이고 비인간적으로 노동자를 대하는 사용자를 고발했다. 아울러 "주 44시간제 근무 철저하게 고집하다/불법선동, 연장근로 거부, 기타의 여죄 총총으로/회부된 징계위원회의 만장일치//비밀 무기명 투표는 살인적 민주주의로 내게/해고를 언도"(「근로기준법 제22조 · 2」)했지만 주눅들지 않고 당당하게 맞섰다. 그리고 "일어서라 일어서라 일어서라"(「파업농성 1」)라며 노동자의 연대를 호소했다.

자본주의 시대의 노동자는 육봉수 시인처럼 "노동자 대회"에 동참해야 한다. 노동조합의 활동을 비롯해 시민운동이나 정치활동에도 연대해야 한다. 해고된 노동자는 물론 해고되지 않은 노동자도 참가해야 한다. 그것이 노동자로서의 주체성을 지키는 일이다. 자본주의 체제의 점령으로 인해 노동자는 점점 단자화되고 생존을 위협받고 있으므로 투쟁 전략을 마련해야 하는데, 연대가 가장 타당한 것이다.

노동 시간이 단축되었는데도 불구하고 한국의 노동자는 여전히 장시간 노동과 강도 높은 노동을 강요받고 있다. 노동 시간에 비해 임금은 크게 나아지지 않았다. 작업 현장의 안전시설이나 산업재해의 보상도 미흡하다. 육봉수 시인은 그와 같은 노동 현실을 구체적으로 고발하며 맞섰다. 근로기준법조차 제대로 보호받지 못하는 노동자의 처지에서 인간다운 삶의 조건을 실현하기 위해 자본주의 체제의 모순과 횡포에 온몸으로 대항해 나간 것이다.

孟文在 | 시인 · 안양대 교수

| 육봉수 시인 연보 |

- 1957년 경북 선산군 옥성면 초곡리에서 가난한 농부인 부친 육종수와 모친 최한순의 2남 3녀 중 차남으로 출생했다.
- 1962년 옥성초등학교 입학.
- 1968년 상주중학교 입학.
  어렸을 때부터 무척 책을 좋아했다. 아이가 없어지면 부모는 책이 있는 집 골방을 찾아다녔다. 중학교 시절에는 만화책과 소설책을 읽느라 공납금을 다 써 부모에게 혼나기도 했다.
- 1972년 선산고등학교 입학.
  주입식 공교육에 적응하지 못하고, 왜소한 체구 탓에 덩치 큰 선배들에게 몇 차례의 구타를 당한 후 2학년 때 학교를 그만두었다. 부친 육종수는 지방의 민속지에 채록될 정도로 선산 근방의 선소리꾼으로 유명하였다. 시인 역시 고교 시절에는 밴드부에서 트럼펫을 불었으며 노래도 잘해 음악에 재능을 보였다. 그러나 1980년대 후반 시위 도중 체포, 경찰의 가혹한 구타로 성대가 손상되어 쉰 목소리를 갖게 되었다.
- 1974년 군 복무.

- 1980년 군 복무를 마치고 서울에서 식당 주방장 일 등 생업 활동을 하면서 문학에 대한 꿈을 키웠다. 김수영 시에 큰 영향을 받았다. 습작 시절 서정적이고 모더니즘 계열의 시를 주로 썼다.
- 1984년 구미, 김천 지역에서 작은 서점을 운영하며 지역 문우들과 본격적인 습작 활동을 시작하였다. 김천의 조인호, 배정미, 황화수 등과 '파지(破紙)' 동인을 결성했다. 이후 조인호 등과 '저음(低音)' 동인을 결성, 시쓰기에 몰입했다. 구미 지역의 '시터' '근원어' 동인들과 교류하면서 문학적 재능을 키워나갔다.
- 1987~88년 시인의 문학 활동에 큰 영향을 준 시기이다. 경북 포항으로 직장을 옮겨 노동운동에 적극 참여하였다. 이즈음 노동 현장에서 시를 통한 노동해방을 꿈꾸며 노동시를 쓰기 시작했다.
- 1988년 포항의 협화화학에서 노조위원장으로 선출되어 노동 현장의 전면에 나서기 시작했다. 박노해와 백무산의 시에 영향을 크게 받았으며 주로 현장에서의 활동과 투쟁의지를 주제로 시를 썼다. 『실천문학』『새벽』 등에 노동시를 발표했다.
- 1990년 『창작과 비평』 여름호에 「파업농성」 외 4편을 발표하면서 본격적으로 작품 활동을 시작하였다. 고향 구미로 돌아왔다.
- 1990년 한국작가회의 회원으로 활동하였다.
- 1990년 구미의 화인정밀에서 노동조합 결성을 주도하고 교육선

전부장 및 사무국장을 맡았다. 파업을 주도한 이유로 해고되어 복직투쟁을 했다. 구미 지역의 류춘근, 김호상, 이창수 등과 '예 · 사 · 실 · 사'(예술과 사회를 위한 실천적 사실주의) 모임을 결성, 문학과 실천의 간극을 메우기 위한 노력을 지속했다.

- 1991년 김선굉, 장옥관 시인, 김양헌 평론가의 주축으로 설립된 구미 '수요문학회'는 전국의 주요 문인들을 매월 초청하면서 구미 문학운동의 주축으로 자리잡고 있었다. 육봉수 시인은 공단 지역임에도 불구하고 현실 참여의 작품을 쓰는 시인 · 작가가 전무했던 구미 지역의 문단을 비판하였다. 이후 수요문학교실의 회원으로 가입, 류춘근 · 박상봉 · 류경무 등의 시인과 최해걸 · 이종율 등의 소설가 등 구미 지역 문학인들과 적극적으로 교류하면서 문학의 방향을 재정립하고자 노력했다.
- 1993년 구미의 여러 소규모 사업장에서 노조 결성과 해고, 복직투쟁과 함께 '구미노동자의 집'을 중심으로 노동운동에 적극적으로 참여하였다. 이 시기 '근로기준법'을 작품의 전반에 내세우는 특색 있고 개성적인 시를 써나갔다.
- 2000년 일용직 노동자로 활동을 지속하다가 낙향, 시를 집필하는 것에 매진하였다.
- 2002년 시집 『근로기준법』(삶이 보이는 창)을 출간하였다.
- 2005년 경북작가회의 이사를 역임하였다.
- 2008년 수요문학회 회장을 역임하였고, 문화인류학자 권삼문 등이 설립한 '금오문화연구소' 회원으로 활동하면서 지역

문화 활동에 매진했다.

▸ 2013년 5월 11일　자신이 태어난 옥성마을 옛집에서 제2시집 출간을 위해 매진하다가 뇌출혈로 영면하였다. 향년 57세.

남은 가족으로 미망인 은영지와 아들 육근호가 있다.

(정리 : 류경무 시인)

푸른사상 시선 40

미안하다

인쇄 2014년 5월 1일
발행 2014년 5월 10일

지은이 · 육봉수
펴낸이 · 한봉숙
펴낸곳 · 푸른사상사
주간 · 맹문재 | 편집 · 지순이 | 교정 · 김소영

등록 제2－2876호
주소 서울시 중구 충무로 29(초동) 아시아미디어타워 502호
대표전화 02) 2268－8706~7 팩시밀리 02) 2268－8708
메일 prun21c@hanmail.net
홈페이지 www.prun21c.com

ISBN 979-11-308-0224-4 03810
ISBN 978-89-5640-765-4 04810 (세트)

값 8,000원

이 도서의 국립중앙도서관 출판시도서목록(CIP)은 서지정보유통지원시스템 홈페이지(http://seoji.nl.go.kr)와 국가자료공동목록시스템(http://www.nl.go.kr/kolisnet)에서 이용하실 수 있습니다. (CIP제어번호 : CIP2014014349)

푸른사상 시선 40

미안하다